Du même auteur, dans la même série :

Le chaton de Mathilde
Les bêtises de Louise
Le secret de Paul

Alice Hulot

Illustrations de Nadine Van Der Straeten

# Le trésor de Norbert

RAGEOT

ISBN 978-2-7002-3876-1
ISSN 1772-5771

© RAGEOT-ÉDITEUR – Paris, 2011.
Tous droits de reproduction, de traduction et d'adaptation réservés
pour tous pays. Loi n° 49-956 du 16-07-1949 sur les publications destinées à la jeunesse.

# Une belle trouvaille

– En v'là, un beau cartable !

Norbert arrête son caddie au milieu du trottoir.

– Y a un gosse qui va se faire remonter les bretelles ce soir. Oublier son cartable dans la rue, c'est pas des choses à faire !

Norbert hoche la tête. Ses souvenirs d'école ne datent pas d'hier. Ce qu'il a pu en baver ! Mais il en a fait baver à ses maîtres, aussi, faut pas croire. Cinquante-cinquante.

Il sourit.

– Où il peut être, ce gamin tête en l'air ?

Le soir tombe. La rue n'est pas très passante. Une grosse dame portant deux sacs remplis de provisions s'approche, la mine fatiguée. Norbert hésite. Il déplace son chariot pour lui laisser le passage, cachant du même coup le cartable.

La dame presse le pas et le dépasse sans lui adresser un regard.

– J'te fiche la trouille, marmonne-t-il.

Norbert a l'habitude. Les gens comme lui, on préfère les éviter.

Norbert ne lui en veut pas. Il comprend. Autrefois, quand tout allait normalement dans sa vie, lui non plus ne s'approchait pas volontiers des mendiants. On ne disait pas « aiss-dé-aif » à cette époque-là. Mais c'était la même chose. Qu'est-ce que ça change, le nom? On n'est pas plus heureux dans la rue, qu'on s'appelle sans domicile fixe ou clochard.

Une petite fille et son frère passent à côté de lui.

– Eh! Les gosses!

Le grand se retourne sans s'arrêter et réplique :
– On n'a pas d'argent.
Norbert déplace son chariot.
– C'est pas à vous, ce cartable ?
Le garçon hausse les épaules. La fillette ne lui jette même pas un coup d'œil.
– Quelqu'un a dû l'oublier, insiste-t-il.
Les enfants s'éloignent sans répondre. Norbert regarde le cartable et soupire, puis il se frappe le front.
– Quel idiot ! Le nom du gamin est sûrement écrit sur ses cahiers !
Il hisse le cartable sur son chariot.
– Oh, t'es pas bien lourd, toi. Le mien, il me semble qu'il pesait des tonnes.
Il l'ouvre. Il est vide !

Norbert se gratte le crâne.

– T'es à personne ? C'est pas normal. Qu'est-ce que tu fabriques sur le trottoir ? T'es même pas abîmé.

Norbert reprend sa marche tranquille derrière son chariot. Il se demande combien Jérémy, le ferrailleur qui lui achète parfois les trucs qu'il trouve, pourrait lui en donner. Peut-être dix euros. Ce serait Noël !

# Sans étiquette

– Jérémy, vise un peu le cartable tout neuf que je t'apporte ! Tu vas en tirer un max.

Un type maigre et sans âge se redresse mollement sur sa chaise pliante, de l'autre côté d'un étalage d'objets aussi variés qu'en mauvais état. Son stand aux Puces n'est pas le plus reluisant.

– Un cartable ? Qu'est-ce que tu veux que j'en fasse ? On est en novembre, Bébert. La saison est passée.

– Regarde-le avant de dire.

Norbert tend le cartable par-dessus les casseroles rouillées et les abat-jour tordus. Jérémy grimace.

– Non mais tu as vu la couleur ?
– Quoi, la couleur ?
– Aucun gosse ne voudra d'un cartable vert.
– Et depuis quand les mômes n'aiment pas le vert ? C'est gai, ça fait printemps.
– Tu m'as l'air d'un printemps, toi, ce soir !

Norbert ne se décourage pas.

– C'est pas les gosses qui achètent, c'est les mères. Et un cartable neuf, c'est un bon cartable pour une mère, qu'il soit vert ou rose à pois.

Jérémy soupire.

– T'y connais rien, Bébert. Aujourd'hui, c'est plus les mères qui choisissent.

– Et qu'est-ce qu'ils veulent comme cartable, les gosses d'aujourd'hui, môsieur le spécialiste ?

– De la marque. Pour les cartables et pour le reste. Si ce n'est pas une marque vue à la télé, tu peux courir pour le vendre.

Norbert comprend que Jérémy ne cédera pas. Cela le désole.

– Dommage. Je te l'aurais laissé pour cinq euros.

Jérémy se gratte le menton. Est-ce qu'il a une chance de le revendre le double ? Pas sûr. Il ne vend rien à plus de trois ou quatre euros. Mais c'est un cartable en bon état, il faut le reconnaître.

– Eh ! Attends !

Norbert ne l'entend pas. Il s'éloigne vers son abri, à quelques dizaines de mètres, sous le pont.

Tant pis pour Jérémy, se dit le clochard. Et tant pis pour les cinq euros. Qu'est-ce qu'il en sait, d'abord, que ce n'est pas de la marque, mon cartable ?

Derrière un mur de cartons imbriqués les uns dans les autres, Bébert se glisse sous une bâche tendue sur des planches. Il cale son chariot dans un coin et s'assied sur un tas de couvertures, le cartable sur les genoux.

Il le retourne dans tous les sens à la recherche d'une étiquette.

– Alors, c'est quoi, ta marque ?

Norbert a l'habitude de parler aux objets qui l'entourent pour se sentir moins seul, mais pas que ceux-ci lui répondent. Aussi reste-t-il pétrifié quand il entend :

– Je n'ai pas de marque. Je suis unique. Et je vaux beaucoup plus que cinq euros, permettez-moi de vous le dire.

## Une mauvaise blague ?

– Voilà que j'entends des voix, maintenant, finit par murmurer Bébert. J'ai pourtant pas poussé sur la bouteille, aujourd'hui.

– Pas *des* voix, rectifie le cartable. *Une* voix. La mienne.

– La mienne à qui ? grogne Bébert qui sent la peur lui glacer le bas du dos.

– Au cartable vert, bien sûr.

D'un mouvement brusque, Bébert jette le cartable derrière son chariot, au milieu de boîtes vides et de chiffons crasseux.

– C'est le diable ! C'est le diable qui habite là !

Il sort de son abri et se précipite en boitillant jusqu'au stand de Jérémy.

Celui-ci est en train d'entasser son bazar dans une petite remorque accrochée à une bicyclette. Il voit Bébert fondre sur lui et s'écrouler à ses pieds, tout essoufflé.

– C'est le diable ! C'est le diable !

– Oh là, Bébert ! Tu perds la boule ? Qui tu as vu pour trembler comme ça ?

Mais Norbert n'arrive plus à articuler un son.

– C'est le gros Thomas qui est encore venu te menacer ?

Il fait asseoir Bébert sur sa chaise pliante et lui tapote gentiment l'épaule.

– Celui-là, si j'étais aussi fort que lui, il ne perdrait rien pour attendre !

– C'est pas... c'est pas Thomas... souffle Bébert. C'est... le cartable ! Le cartable vert ! Il m'a parlé !

Jérémy fait la moue.

– Tu te moques de moi ou quoi ? Si c'est tout ce que tu as trouvé pour me vendre ton cartable de printemps, c'est raté. Tu racontes vraiment n'importe quoi.

– Je te jure ! Il m'a parlé ! Y avait que lui et moi dans ma grotte.

– N'insiste pas. Et si tu veux un bon conseil, arrête la chopine ; cela ne te vaut rien.

– Bon sang, tu ne me crois pas ?
– Ça non. Qui croirait une histoire pareille ?
– Accompagne-moi, tu vas voir. Ou plutôt tu vas entendre !

Jérémy ronchonne.

– Tu sais que t'es pas un cadeau, toi !

Mais Bébert, qui tremble de la tête aux pieds, lui fait pitié. Après avoir remballé ses dernières affaires, il l'aide à se lever.

– Appuie-toi sur mon vélo.

Bébert se sent rassuré par la présence de Jérémy. Le temps de faire le petit bout de chemin jusqu'à sa cachette et il ne tremble plus.

– Quelqu'un t'aura fait une blague. C'est pas bien épais, les planches.

Bébert acquiesce.

– Tu as raison. C'était une blague.

– Bien sûr. Les grands mystères ont souvent des explications très simples.

Jérémy lui fait un signe de la main et s'éloigne, le laissant à l'entrée de son abri.

# Un drôle de rêve

— Une blague, c'était une mauvaise blague, se répète Bébert en se glissant sous sa bâche.

La nuit est tombée. Un réverbère éclaire d'une lumière blanche et triste les maigres possessions de Bébert : un tas de vieilles couvertures, des cartons vides, des journaux en pagaille, son chariot récupéré sur un parking de supermarché il y a bientôt deux ans et qui lui sert de canne depuis qu'il s'est tordu le genou.

Il n'a pas voulu se faire soigner. S'il s'était absenté trop longtemps, Thomas l'aurait dévalisé. Ou pire, il lui aurait pris sa place !

Il bougonne en pensant à Thomas. Ce gros nigaud lui cherche des ennuis parce qu'il ne veut pas se laisser commander. Et puis quoi, encore ! Lui, Norbert, n'a d'ordre à recevoir de personne. Surtout pas d'un pauvre gars comme lui.

Bébert s'effondre sur ses couvertures et pose sa tête sur une bosse à hauteur d'oreiller. Une bosse dure de la forme d'un pavé, sur laquelle il pose toujours sa tête pour dormir.

Il sombre aussitôt dans un profond sommeil.

Vers minuit, un bruit d'enfer fait trembler les poutrelles du pont. Bébert se retourne sans s'éveiller. C'est le train de 23 heures 53, comme toutes les nuits.

Un drôle de rêve vient lui chatouiller le cerveau. Un petit garçon court vers lui. Bébert voudrait fuir mais il n'y arrive pas à cause de son genou. Au moment où le petit garçon va l'atteindre, il grossit et se transforme en Thomas. Bébert pousse un cri et se réveille en sueur.

Il regarde autour de lui, hébété. Enfin, il reconnaît sa « grotte », comme il l'appelle. Il glisse la main sous son oreiller et se sent mieux. Son trésor est là. Il se lève et fouille parmi les sacs entassés dans son chariot. Il en sort une bouteille brune, la débouche, la porte à ses lèvres et boit goulûment plusieurs gorgées.

En remettant la bouteille à sa place, son regard tombe sur le cartable.

– Tiens, t'es encore là, toi ? T'es devenu tout gris. La nuit, tous les cartables sont gris, c'est bien connu.

Il le menace d'un doigt soupçonneux.

– J'espère que tu ne vas pas me porter la poisse, hein ?

Bébert éclate de rire en réalisant ce qu'il vient de dire.

– Ah ! Ah ! Ah ! Elle est bien bonne ! Comme si je pouvais être plus dans la panade qu'en ce moment !

Il attrape le cartable et retourne se coucher en le tenant contre lui.

– Tu comprends, faudrait pas que ça devienne pire ! soupire-t-il.

Le cartable n'ose rien répondre. Il attend que Bébert se rendorme.

# Les débuts d'une amitié

La fée Angélique doit le faire exprès, se dit le cartable vert. Elle me teste. Mais là je trouve qu'elle y va un peu fort. Comment aider ce pauvre homme ? Pauvre, c'est bien le mot, tiens.

Enfin, je n'ai pas le choix. Si j'échoue, elle m'a prévenu, c'est direct le rayon de supermarché. Et fini les pouvoirs, évidemment. Alors mon vieux, secoue-toi les bretelles !

Un ronflement énorme conclut les réflexions du cartable vert.

– Il dort. Allons-y.

D'une voix mélodieuse, il s'adresse à Bébert :

– Je ne suis pas le diable. Au contraire. Je suis là pour vous aider. Faites-moi confiance et vous ne le regretterez pas.

Dans son rêve, Bébert entend et voit le cartable lui parler, nimbé d'une vaporeuse lumière verte. Un parfum de femme lui revient en mémoire. Un rire d'enfant résonne au loin.

Quand il se réveille, au petit jour, il est calme et reposé. Le cartable est toujours serré contre lui. Bébert fronce les sourcils, se gratte la tête, puis le pose sur les couvertures et sort se dégourdir les jambes. Après quelques pas, il étire ses bras en grimaçant. Le rire d'un enfant le surprend. C'est à ce moment qu'il se souvient de son rêve.

De retour dans sa grotte, il se penche vers le cartable.

– Alors comme ça tu es là pour m'aider?

– Mais oui, absolument.

De surprise, Bébert bondit en arrière et tombe sur son chariot. Tout son fourbi se répand sur le sol. Il enchaîne les gros mots en essayant de se relever.

– Ce qui m'aiderait, c'est que tu me tires de là! peste-t-il.

– Hélas je n'en ai pas le pouvoir et je le regrette. Mais si vous prenez appui sur votre main droite et opérez un demi-tour vers le chariot, cela devrait être plus facile.

– Opérez! Opérez! braille Norbert. Je vais t'opérer, moi, tu vas voir!

Tout en maugréant, Bébert suit les conseils du cartable et se relève enfin. Avec inquiétude, il cherche sa bouteille.

– Ouf! T'es pas renversée. Mais t'es presque vide, constate-t-il.

– Il vaudrait mieux ne pas y toucher…
– De quoi j'me mêle ? C'est pas un cartable qui va me dire ce que je dois faire !
– Certes, mais vous devez avoir très soif.
– Ça oui, j'ai soif ! Justement !
– Ce n'est pas cette boisson qui va vous désaltérer. Ce qu'il vous faut, c'est de l'eau.
– Je bois ce que je veux !
– Le livreur de l'épicerie a perdu un paquet de bouteilles d'eau juste devant chez vous. Pourquoi ne pas en profiter ?

Bébert pose sa chopine et sort de son abri, intrigué.

# Le petit déjeuner est servi

À l'entrée de l'abri, six bouteilles d'eau minérale attendent sagement d'être ramassées.

– Ça alors ! s'exclame Bébert. Comment ce cartable savait-il qu'elles étaient là ?

Il tire le paquet à l'intérieur, arrache le plastique, extirpe une bouteille et se désaltère.

— Pour mon petit déjeuner, je prendrais bien quelques toasts au caviar, déclare-t-il en s'essuyant la bouche.

— Je ne suis pas magicien, répond le cartable vert. Je vois certaines choses que vous ne voyez pas, mais je ne fais pas de miracle.

— Comment veux-tu m'aider, alors ? Il faudrait un miracle pour me sortir de mon pétrin.

— Pas forcément. Allons faire un tour, nous trouverons à manger en chemin.

☆

Sans protester, Bébert remet ses sacs dans le chariot, pose le cartable par-dessus et sort de son antre.

— Tout de suite à gauche, puis deuxième rue à droite. Un sac de croissants vient de passer par une fenêtre et d'atterrir sur le trottoir.

— Depuis quand les croissants se jettent-ils par les fenêtres ? s'étonne Bébert.

– Une dispute les a un peu aidés, explique le cartable.

Bébert fonce dans la direction indiquée tout en marmonnant :

– Si c'est pas de la magie, un cartable qui parle et qui voit sans yeux, faudra qu'on m'explique !

– C'est de la magie si on veut. Disons plutôt que j'ai des dons exceptionnels.

Bébert tourne à droite si vite qu'il manque de faire chavirer le chariot. Au milieu du trottoir, il y a un sachet en papier blanc. Il s'en saisit et y plonge la main.

– Des croissants ! Et ils sont encore tièdes !

Au-dessus de sa tête, des voix retentissent.

– Ne traînons pas dans le quartier, conseille le cartable.

Bébert enfourne une viennoiserie et repart.

– T'en veux un bout ? demande-t-il en envoyant des miettes beurrées sur le cartable.

– Ne parlez pas la bouche pleine, s'il vous plaît, je déteste les taches de gras.

– Si tu crois que je les aime, moi ! postillonne-t-il encore.

– Avancez et taisez-vous, s'il vous plaît.

Conciliant, Bébert poursuit son chemin sans autre but que se remplir l'estomac.

Enfin rassasié, il s'affale sur un banc, devant le terrain de pétanque encore désert.

Un petit garçon traverse la rue, son cartable sur le dos, et s'approche en souriant de toutes ses dents barrées de fer.

– Salut Bébert !
– Bonjour Lucas.

– Tu tombes bien, Bébert, j'avais un truc à te raconter. Tu sais pourquoi les pauvres qui vivent dehors comme toi sont parfois appelés des clochards ?

Bébert arrondit les yeux et hausse les épaules, incrédule.

– Tu le sais, toi ?

– Oui. Hier, la maîtresse nous a emmenés visiter la cathédrale Notre-Dame. On est montés tout en haut des tours, comme Quasimodo ! C'était fatigant.

– Ça, je veux bien te croire ! C'est qu'il n'y a pas d'ascenseur, dans les tours de Notre-Dame.

– Justement. Tout en haut, dans la tour qui s'appelle le beffroi, il y a les cloches. La plus grosse est énorme. Son nom à elle, c'est le bourdon, et elle a aussi un prénom de baptême : Emmanuel. Pour la faire sonner maintenant, c'est électrique, mais autrefois il fallait huit hommes ! Pas en bas à tirer sur une corde, non, en haut, sur des pédaliers géants comme des balançoires, juste à côté de la cloche. Non seulement c'était épuisant parce qu'il fallait monter les escaliers et pédaler dur, mais en plus cela rendait sourd tellement la cloche résonnait fort. Les seules personnes qui acceptaient de faire ce travail, c'étaient les pauvres du quartier. Voilà pourquoi on les appelait des « clochards ».

Norbert caresse la tête du petit garçon, les yeux embués.

– L'école est une belle invention. Elle t'apprend des choses passionnantes et tu les partages avec moi. Lucas, je te remercie.

Là-dessus le gamin tourne les talons et s'en va, tout fier d'en savoir plus que son ami Bébert.

# Souvenirs douloureux

Norbert soupire, assailli par ses souvenirs.

Lucas pourrait être Maxime, se dit-il.

Il cherche où poser les yeux pour se changer les idées. Quelques personnes attendent à l'arrêt de l'autobus, d'autres se pressent en direction de la gare. L'époque où il se levait chaque matin pour aller travailler lui semble si proche. Comment en est-il arrivé là ?

– Vous avez eu un métier, vous aussi, sans doute ? demande doucement le cartable vert.

– T'occupe. Ça peut pas aider de ressasser le passé.

– Au contraire. Racontez-moi.

Bébert se renfrogne. À quoi bon ?

– Je raconte pas ma vie à un inconnu.

– Je ne suis pas un inconnu. Vous m'avez ramassé et gardé, adopté en quelque sorte. Je suis votre ami, maintenant.

– Mes amis ne me vouvoient pas.

– Ah. Bon. Je peux essayer de vous tutoyer, alors.

– C'est mal parti.

– Désolé. C'est mon éducation. Cela vous dérange que je vous vouvoie ?

Bébert réfléchit. Non, c'est même plutôt agréable.

– Au point où j'en suis…

– Alors, quelle était votre profession ?

– Employé dans une imprimerie.

– Marié ?

– Mmm.

– Des enfants ?

– …

Le cartable attend.

Norbert avale péniblement sa salive.

– … Un.

– Que s'est-il passé ?

– J'ai été licencié. Chômage pendant un an. Impossible de retrouver du travail. Les imprimeries fermaient ou devenaient trop modernes. Je n'avais pas les connaissances pour suivre.

– À la maison, les choses se sont gâtées ?

– Je ne gagnais presque plus rien et je m'étais mis à boire.

Norbert, accoudé au chariot, a le regard perdu très loin.

— Un soir, je suis rentré ivre. Le petit pleurait. J'ai voulu le battre pour le faire taire. Sa mère l'a attrapé, elle a mis toutes les affaires qu'elle pouvait dans un grand sac et elle est partie. Je ne les ai jamais revus.

— Vous ne savez pas où ils sont allés ?

— Sans doute chez son frère.

— Pourquoi ne vous y êtes-vous pas rendu ?

— J'avais honte de ce que j'étais devenu. J'ai préféré les aider à m'oublier.

— Je comprends.

— Quand je n'ai plus eu d'argent pour payer le loyer, je me suis retrouvé à la rue.

— Vous n'aviez pas de famille ni d'amis pour vous aider ?

— Je ne voulais rien demander à personne.

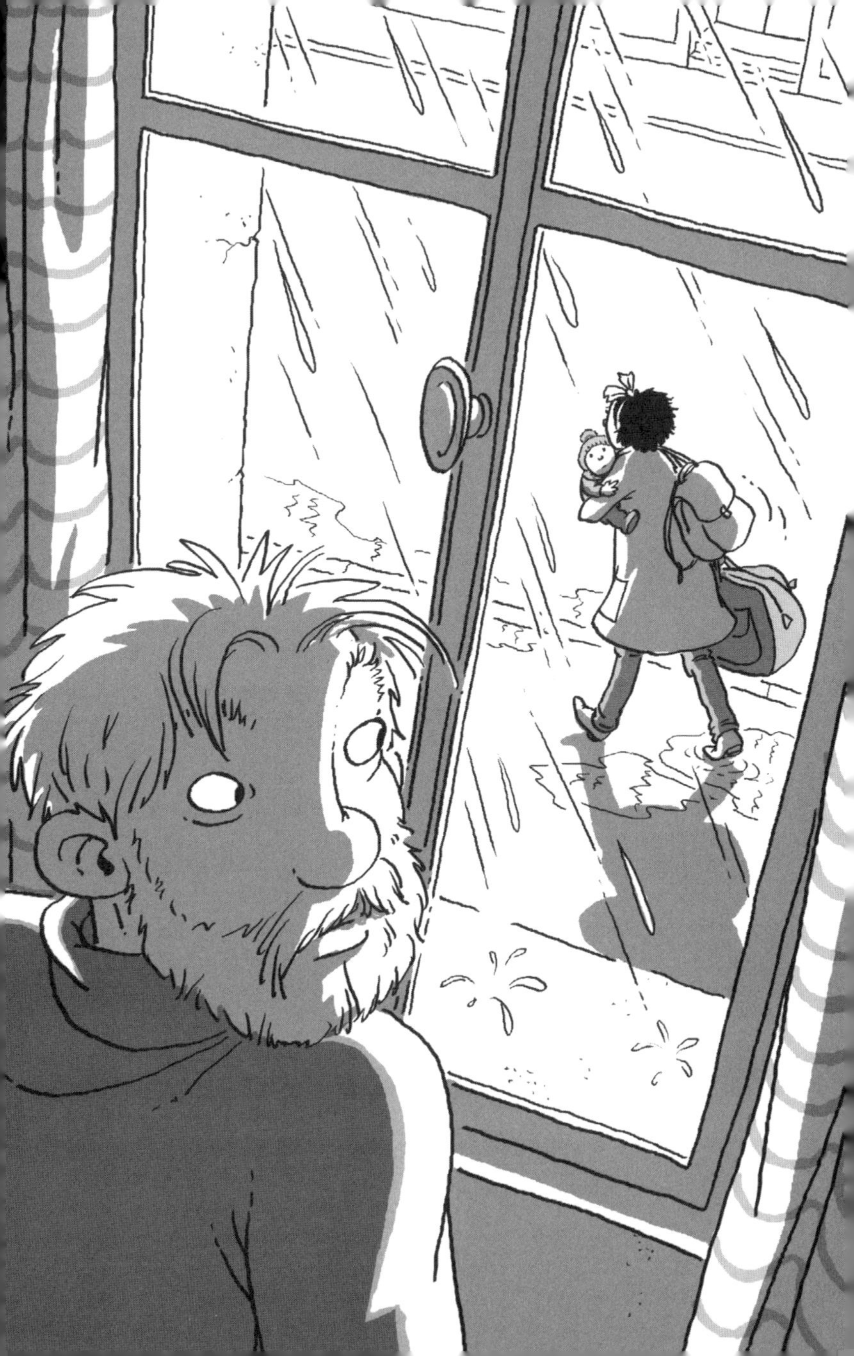

– Vous ne vous êtes pas battu pour garder un toit ? Un revenu minimum ?

– Non. Je m'en fichais. J'avais décidé de me jeter sous un train pour en finir. Tous les soirs, je grimpais le long de la voie et j'attendais le TGV de 23 heures 53. J'ai jamais eu le courage d'aller jusqu'au bout. J'ai fini par m'installer dessous. Sous le pont.

– Pourquoi pas ? Elle n'est pas mal, votre cabane. Nom d'un réverbère ! Vite ! Il faut y retourner !

– Quoi ? Qu'est-ce qui se passe ?

– Foncez ! C'est Thomas !

# Thomas le voleur

Bébert connaît le quartier comme sa poche. En quelques minutes, il est en vue du pont. Il a bousculé deux ou trois piétons au passage mais il est trop pressé pour entendre leurs protestations.

– Qu'est-ce que tu racontes ? souffle-t-il en se penchant sur le cartable. Y a personne !

Au même instant, la bâche qui recouvre sa grotte se soulève et un géant hirsute apparaît, une boîte en fer à la main.

Bébert pousse un hurlement de fureur. Le cartable en a le cuir hérissé.

En voyant Norbert face à lui, Thomas prend la fuite vers le grand carrefour. Bébert rassemble ses dernières forces pour projeter le chariot dans les jambes du fuyard. Hélas, celui-ci percute le feu tricolore et tout son chargement dégringole dans le caniveau, juste à côté du voleur.

Un crissement de pneus, des cris et des klaxons retentissent. Norbert, n'ayant plus son chariot pour s'appuyer, s'approche en claudiquant.

Les voitures sont à l'arrêt. Un attroupement se forme. Norbert ne voit rien. Il voudrait passer mais on le repousse. Enfin, un agent fait reculer tout le monde.

Un corps est allongé sur la chaussée, les pieds entortillés dans les bretelles d'un cartable.

– Ce fou s'est jeté devant ma voiture ! crie le conducteur. J'ai freiné juste à temps !

Norbert ne s'occupe pas davantage de l'accidenté. Courbé en deux, il fait le tour des véhicules à l'arrêt en marmonnant :

– Où est-elle, nom d'un petit bonhomme ? Elle ne peut pas avoir volé bien loin. Ah ! Je la vois !

À quatre pattes entre deux voitures, il récupère la boîte en fer que Thomas tenait un instant plus tôt. Il la glisse sous sa veste et s'éloigne. Son trésor a eu chaud.

Autour de Thomas, c'est toujours l'attroupement. On l'aide à se relever, à faire quelques pas pour s'assurer qu'il n'est pas blessé.

À quelques mètres de là, appuyé contre le kiosque à journaux, Bébert attend. Personne ne fait attention à lui. Enfin, Thomas se sauve sans demander son reste.

On n'est pas près de le revoir dans le quartier, se dit Bébert, soulagé.

Il s'approche discrètement du carrefour. Ses sacs sont éparpillés dans le caniveau. Patiemment, il les ramasse un à un et les replace dans son chariot. Sauf la bouteille qui est en petits morceaux.

Enfin, sur le dessus, il installe le cartable, couvert de boue et une bretelle arrachée.

# Le trésor de Norbert

De retour dans son abri, Bébert inspecte les lieux. Il voit tout de suite que ses affaires ont été déplacées.

– Manquerait plus que cet animal m'ait pris autre chose !

Après vérification, il s'effondre sur ses couvertures. Rien ne manque.

Il tire de sa veste sa boîte en fer et la pose sur ses genoux. Une larme s'écrase sur son couvercle.

– C'est tout ce qu'il me reste de ma vie d'avant, chuchote-t-il. Tu as sauvé ce que j'ai de plus cher.

– J'ai fait ce que j'ai pu, répond le cartable, ému.

– Si Thomas avait réussi à emporter cette boîte, je ne sais pas ce que je serais devenu.

Norbert relève la tête et regarde le cartable.

– D'ailleurs, qu'est-ce que je peux encore espérer ?

– Tout ! s'exclame le cartable. Tant qu'il y a de la vie, il y a de l'espoir ! Il ne faut jamais baisser les bras.

– Facile à dire, quand on n'en a pas.

Le cartable est un peu vexé.

– Mes bretelles sont bien utiles, parfois.

Norbert revoit Thomas étalé sur la chaussée, puis s'éloignant la tête basse.

– C'est vrai. Je te remercie. C'était un beau coup !

– Et c'était une bonne idée de lui envoyer le chariot dans les jambes. On l'a bien eu !

Tous les deux éclatent de rire, mais très vite le rire de Norbert s'étrangle. Il entrouvre la boîte en hésitant. Ses doigts tremblants glissent sur les photos.

– Il s'appelle comment ?
– Maxime.
– Il a quel âge, maintenant ?
– Presque neuf ans.

La vie de Norbert a donc basculé il y a environ huit ans, calcule le cartable.

– J'avais trente-cinq ans quand il est né.
– Bon sang ! s'écrie le cartable. Vous êtes encore jeune ! Vous ne pouvez pas vous laisser abattre comme ça. Tout peut arriver. Il faut aller de l'avant, inventer, forcer le destin !

Norbert hausse les épaules.

– Forcer qui ? Ledaissetin ? Connais pas ce gars-là. Un type dans le genre de Thomas, je parie.

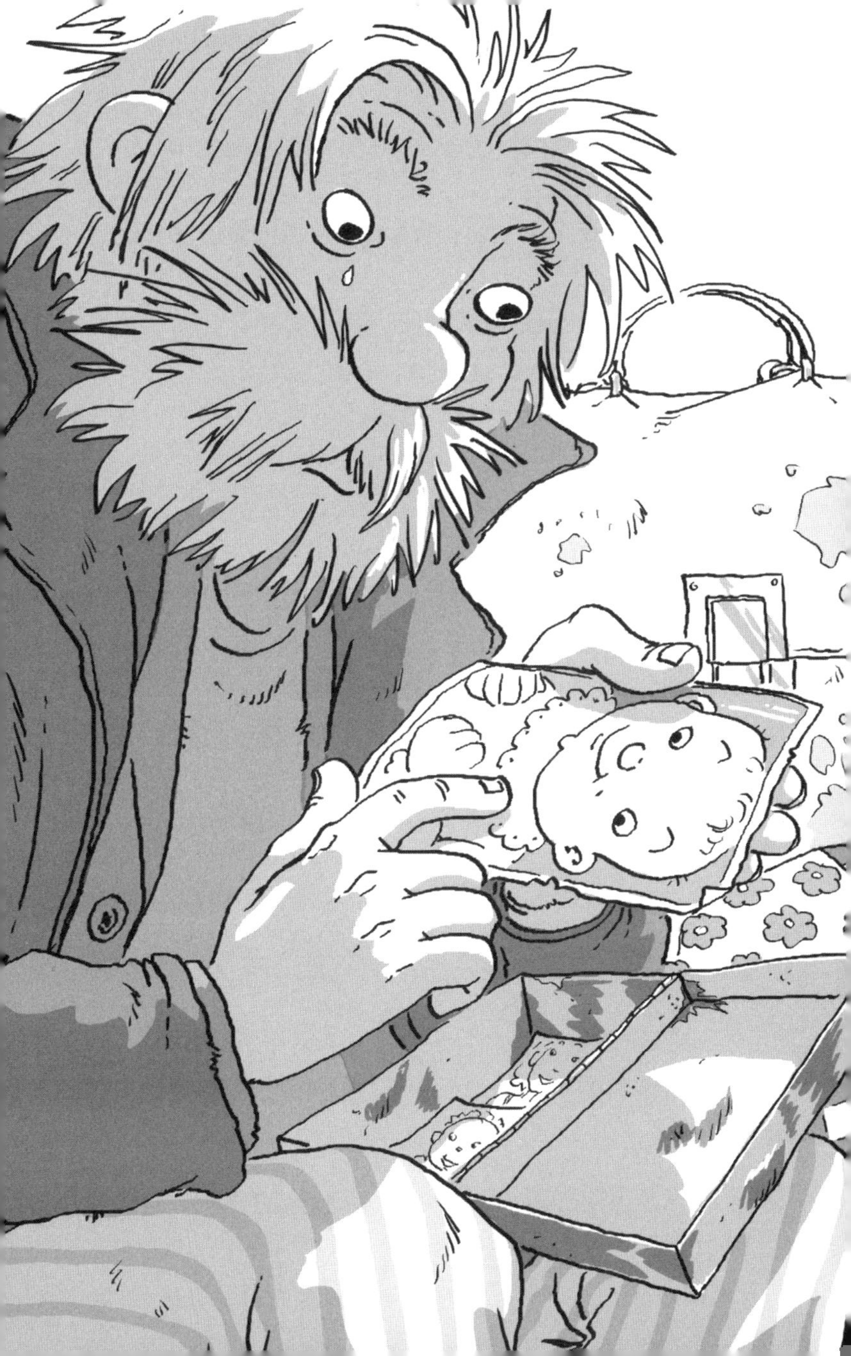

Imperturbable, le cartable poursuit :
– Imaginez que, demain, vous croisiez un enfant, au square. Que ce soit votre fils.

Norbert frissonne.
– Plutôt disparaître sous terre…
– Ou changer de look !
– Je ne vois pas comment.
– Je parie qu'on y arrive.
– … On ?
– Oui. Moi aussi, j'ai besoin d'un bon nettoyage. Je suis couvert de boue et à moitié estropié, comme vous !

Norbert sourit. Ce cartable est vraiment un drôle de type. Un ami.
– Dis-moi où il faut aller, je te suis.

# La bonne porte

– Direction : le Samu social. Il n'y a pas une minute à perdre, ordonne le cartable vert.

Bébert empoigne son chariot.

– Impossible de l'emporter ! intervient le cartable. On ne nous laissera pas entrer avec.

– Si je ne peux pas entrer avec mon chariot, j'y vais pas. C'est toute ma fortune.

– Soyez raisonnable. Vous allez prendre le plus précieux et laisser le reste ici. Thomas ne se montrera pas de sitôt, vos affaires ne risquent rien.

Bébert proteste encore.

– J'en ai besoin pour marcher. Sans mon chariot, je ne tiens pas debout.

– Vous exagérez. Quand je vous ai fait peur, la première fois, vous avez couru cent mètres sans tomber. Prenez le minimum et on y va.

Norbert soupire, saisit la boîte en fer.

– Le voilà, le minimum.

– Très bien. Je m'en charge. Glissez-la dans ma poche centrale. Je serai aussi inviolable qu'un coffre-fort.

Norbert sort enfin de son antre, le cartable vert à la main.

– Au carrefour, prenez l'avenue Gambetta, puis la troisième à droite.

Bébert suit les indications du cartable, tiraillé entre deux sentiments contradictoires. D'un côté la peur d'affronter à nouveau le monde, les autres humains, ceux de la vie « normale », et de quitter son refuge fragile mais rassurant comme une coquille pour un escargot. De l'autre côté, le soulagement d'être guidé par quelqu'un qui semble savoir comment le tirer d'affaire.

Quelqu'un ? Même pas, un cartable !

Je suis tombé sur la tête, se dit-il.

Le cartable vert pèse soudain plus lourd à son bras. Bébert le pose sur un banc et s'assied à côté, content de se reposer un peu.

– Nous y sommes, murmure le cartable. La porte bleue, derrière vous. Expliquez votre situation à l'accueil. Ils ont l'habitude.

Effectivement, Norbert est tout de suite pris en charge et dirigé vers un bureau où on lui demande son nom. Le cartable vert, lui, est glissé dans un casier de consigne. On fournit ensuite à Norbert du savon, du shampooing, un rasoir, de la mousse à raser, une brosse à dents et du dentifrice, ainsi qu'une large serviette de toilette. Des machines à laver sont à la disposition des personnes de passage. Des vêtements propres leur sont également proposés.

Norbert se retrouve bientôt sous la douche, encore étonné de ce qui lui arrive.

Après les sanitaires, il passe par le salon de coiffure.

Puis un médecin le reçoit et l'ausculte en lui posant de nombreuses questions.

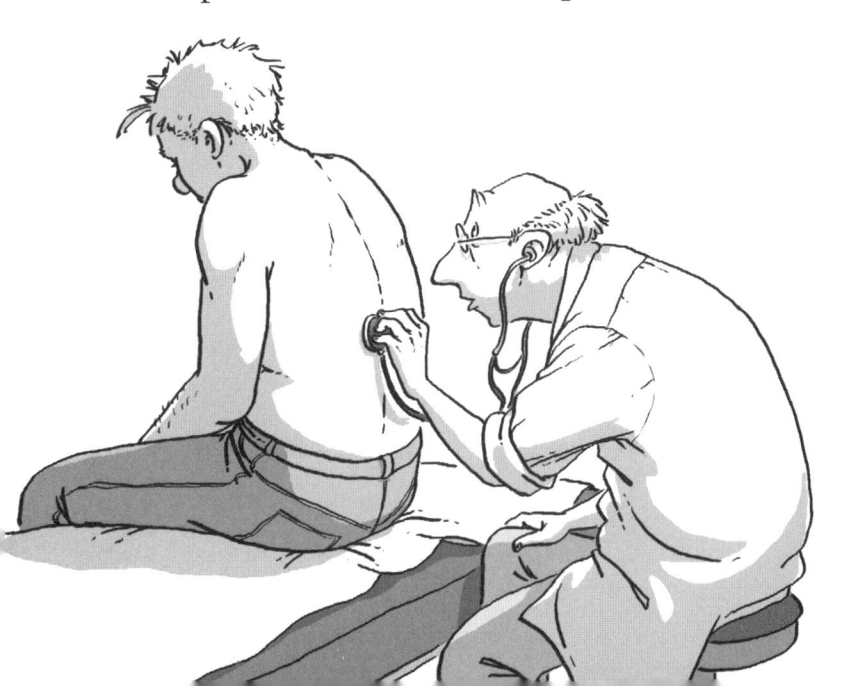

– Il y a longtemps que vous boitez ?
– Deux ans.
– On ne pourra pas y remédier aujourd'hui, explique le médecin. Je vous rédige une lettre pour mon collègue du centre médical. À mon avis, quelques séances de rééducation devraient suffire. N'hésitez pas à vous y rendre rapidement. Les soins sont gratuits pour les personnes venant de chez nous.

Pendant ce temps, le cartable patiente dans son casier.

# Des compliments féeriques

– Bonjour, cartable vert.
Le cartable tressaille.
– Fée Angélique ! Je… Je crois que je m'étais assoupi. Décidément…
Le cartable est tout honteux. La fée Angélique l'a déjà surpris endormi quand il était en mission chez Louise.
– Je ne viens pas te faire des reproches. Au contraire. Ton aide à Norbert est particulièrement précieuse et je suis touchée de l'attention que tu lui portes.

Continue. Si tu réussis cette mission, il t'en restera quatre à accomplir pour obtenir ton C.C.M., le Certificat de Cartable Magique. Tu es sur la bonne voie, mais ne te laisse pas distraire !

Et la fée disparaît, ne laissant qu'une légère vapeur verte.

« Je suis touchée... Continue... Tu es sur la bonne voie... » Le cartable rit intérieurement des compliments de la fée Angélique.

À cet instant, un inconnu l'empoigne et l'emporte.

Me voilà beau ! se désole le cartable. Que va devenir Norbert ? J'avais à peine gagné sa confiance.

L'homme glisse la bretelle encore solide du cartable sur son épaule et demande :

– Alors, tu me trouves comment ?

– Norbert ?

Le cartable n'en revient pas. Bébert est méconnaissable !

Ses cheveux coupés court et ses joues rasées le rajeunissent de vingt ans. Il porte un jean et un blouson clair, des baskets en bon état, et il sent le savon. Les rides de son visage, creusées par les longues journées passées au-dehors, lui donnent même un certain charme. La fée Angélique n'aurait pas fait mieux !

Norbert s'assoit sur le banc, devant le bâtiment qu'il vient de quitter.

– Je dois me rendre chez Emmaüs, une association où on me proposera un travail. Il paraît qu'ils ont besoin d'aide pour réparer les meubles qu'ils récupèrent. En échange, je serai nourri et logé. Je n'y crois pas trop.

– Mais si, ça va marcher. Allons-y.

Bientôt le doute et la fatigue s'emparent de Bébert.

– Justement. J'en ai marre, moi, de marcher ! J'ai mal à la jambe. C'est trop loin. Je préfère retourner sous le pont et dormir un peu. Je suis fatigué.

– Pas question ! s'affole le cartable. Vous êtes beau comme un prince. On ne fait pas demi-tour. On continue. Vous dormirez après. Et cent fois mieux, croyez-moi. Prenez l'autobus. Le 57 va dans la bonne direction.

– Et je le paie avec quoi, l'autobus ? Un bon point ?

– Au pied du platane, un maladroit vient de faire tomber un ticket en sortant un billet de son portefeuille.

Norbert s'approche et se penche. Une grenouille le regarde fixement, puis saute dans le caniveau. À sa place, Norbert trouve un ticket de transport.

– C'est vrai. Celui-là n'est pas oblitéré.

– Et voilà le 57. Hop ! On monte dedans.

# Chez Emmaüs

Norbert s'assoit au fond de l'autobus, loin des autres passagers. Il regarde défiler les immeubles, les voitures, les passants. Il est malheureux. Il a envie d'être seul, il n'est pas prêt à rencontrer des gens. On va lui poser des questions, lui dire ce qu'il doit faire. Ce sera compliqué. Il se sent trop fatigué.

– J'espère qu'on ne me prendra pas, murmure-t-il. Je pourrai retourner sous le pont. J'étais très bien, dans ma grotte. Pourquoi est-ce que je l'ai quittée ?

– Pour Maxime, chuchote le cartable. Pour ne pas avoir honte quand vous le reverrez.

– Pourquoi je le reverrais ? Je ne sais même pas où il habite.

– Il a besoin de vous.

– Quelle idée ! Personne n'a besoin d'un pauvre type comme moi.

– Un fils a forcément besoin de son père. Et vous n'êtes pas un pauvre type. Vous êtes un type pauvre, ce n'est pas du tout pareil. C'est la prochaine, préparez-vous à sortir.

L'autobus s'arrête. Les portes s'ouvrent et Norbert descend.

Il ne connaît pas ce quartier. Les immeubles sont moins hauts, les rues plus larges, la circulation plus calme. Cela l'apaise un peu.

Sur la gauche, à quelques dizaines de mètres, il aperçoit un panneau « Emmaüs » accroché près de l'entrée d'un hangar. Il s'approche en boitant, hésite. Une famille en sort, les bras chargés. Norbert pousse finalement la porte mais soudain sa vue se brouille, ses oreilles bourdonnent, l'air lui manque.

Il s'écroule, inanimé.

Brigitte, assise derrière la caisse, se redresse vivement.

– Oh! Qu'est-ce qui lui arrive?

☆

Elle accourt, se penche sur le corps étendu à terre et lui secoue l'épaule.

– Monsieur? Monsieur!

La jeune femme, inquiète, poursuit son monologue.

– Ah la barbe! Fallait que ça tombe sur toi.

Brigitte s'adresse souvent à elle-même comme si elle parlait à quelqu'un d'autre. Une habitude de solitaire.

– Qu'est-ce qu'ils disaient, déjà, au cours de secourisme? Ah oui! PLS : Position Latérale de Sécurité. Allons-y.

Elle installe Norbert sur le côté pour qu'il respire plus facilement.

– Il est tout pâle. Trouve un moyen de le ranimer, vite!

Elle tapote timidement la joue de Norbert.

– Monsieur ? Vous voulez que j'appelle le Samu ? Idiote, tu vois bien qu'il ne peut pas te répondre. Vérifie au moins que son cœur bat.

Elle lui prend le poignet pour sentir son pouls mais ne le trouve pas. Heureusement, Norbert ouvre des yeux papillotants. Brigitte lui sourit.

– Je suis mort et vous êtes un ange, n'est-ce pas ?

– Mais non, vous n'êtes pas mort. Tout de même, vous m'avez fait une de ces peurs !

Norbert tente de s'asseoir. La tête lui tourne et il porte la main à son front.

– Venez vous asseoir.

Brigitte l'aide à se relever. Elle l'installe à sa place, puis attrape une bouteille.

– Tenez, buvez un peu d'eau. J'ai des bonbons, aussi.

Elle ouvre un tiroir.

– Quel parfum préférez-vous ?

Le vôtre, pense Norbert.

– Fraise, répond-il au hasard, n'ayant aucun souvenir du goût des bonbons ni des fraises.

– En voilà un.

Norbert regarde la friandise sans envie.

– Vous n'auriez pas plutôt un bifteack-frites ?

Brigitte ouvre de grands yeux.

– Mais nous ne faisons pas restaurant !

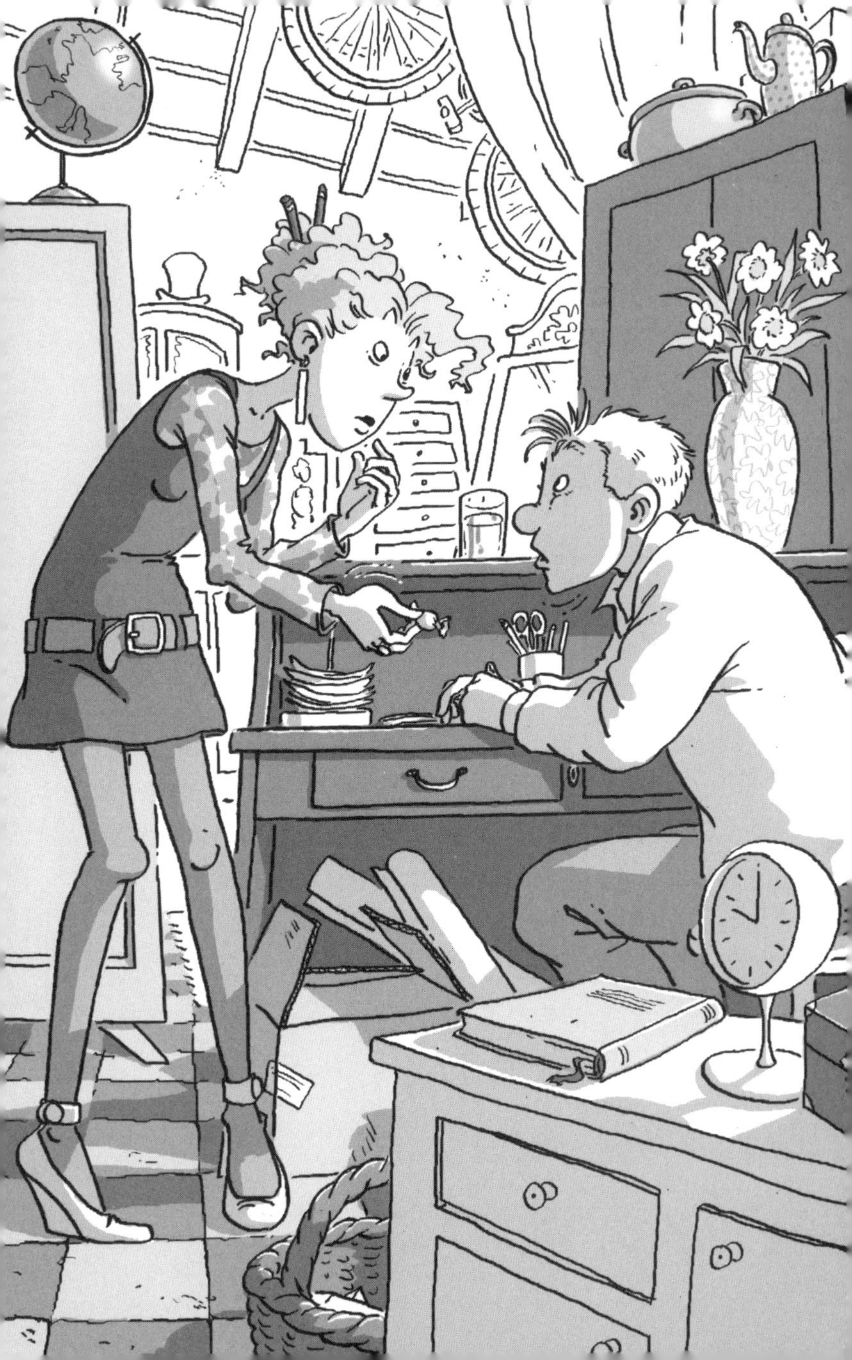

Il sort une lettre de sa poche.

– J'ai un mot pour votre patron. De la part du Samu social.

– Vous venez pour travailler ici ?

Norbert hoche la tête, le regard plein d'espoir. Brigitte prend la lettre et pose une main rassurante sur son épaule.

– Ne bougez pas, je vais chercher monsieur Bruno.

Norbert n'a aucune intention de bouger. Oubliée, la crainte de rencontrer des gens. Finie, l'envie de retourner dans sa grotte. Adieu, le train de 23 heures 53 ou de n'importe quelle heure du jour ou de la nuit.

Norbert n'a plus qu'un seul souhait : rester auprès de Brigitte le plus longtemps possible !

# Le cartable tient sa promesse

Bientôt Brigitte réapparaît, accompagnée d'un petit homme vif aux cheveux gris.

– Monsieur Norbert Planchet ? Nous allons étudier votre dossier. Et vous offrir un repas. Suivez-moi.

Norbert se laisse doucement guider par Brigitte et M. Bruno dans le dédale des allées.

Au même moment, Mme Colet entre dans le magasin.

– Un cartable au milieu du chemin ! C'est toujours aussi mal rangé, ici.

Cliente régulière d'Emmaüs, Mme Colet ramasse le cartable et cherche le rayon où il devrait se trouver.

– Ils pourraient nettoyer leurs articles, ronchonne-t-elle. Ce sac est couvert de boue. Et la bretelle est déchirée ! Tiens, voilà Omar.

La dame lève le bras.

– Omar !
– Madame Colet ?

– J'ai trouvé ceci dans l'allée centrale. Vous devriez lui donner un coup d'éponge si vous voulez le vendre.

– Bien sûr. Merci madame Colet.

Omar sait qu'il ne faut pas contrarier les clients. Il prend le cartable et tourne les talons, direction la réserve. Les meubles et objets devant être restaurés sont alignés là dans le plus parfait désordre. Omar s'apprête à y déposer le cartable quand Jef, le compagnon menuisier, entre à son tour.

– Qu'est-ce que c'est ? demande-t-il.

– Un cartable. Tu veux t'en occuper ?

– Bonne idée. J'en ai assez de recoller des pieds de chaise et de décaper des tables. Ça me reposera.

Sur son établi, le cartable est nettoyé avec soin.

– Dis donc, t'es en beau cuir, toi. Mais quelle drôle de couleur !

Jef répare la bretelle solidement.

– Voyons ce que tu as dans le ventre maintenant.

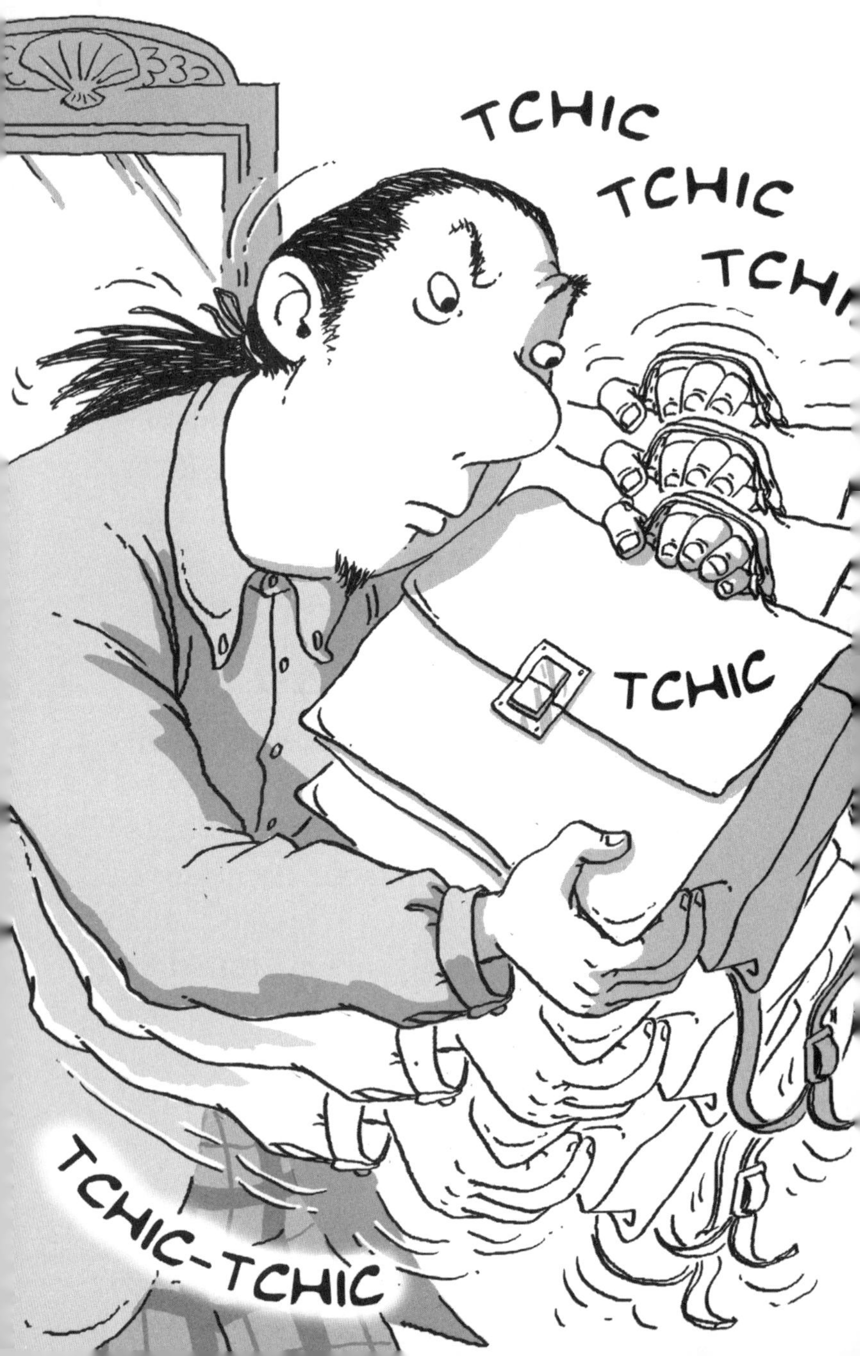
TCHIC
TCHIC
TCHIC
TCHIC-TCHIC

Il essaie de l'ouvrir, en vain.

– Ça alors ! C'est complètement bloqué !

Jef insiste, retourne le cartable dans tous les sens, le secoue.

– Pas de doute, il y a quelque chose à l'intérieur. Je suis obligé de le découdre. Quel dommage !

Effectivement, se dit le cartable. Je ne mérite pas ça. Mais j'ai promis à Norbert d'être un vrai coffre-fort.

Armé de minuscules ciseaux, Jef défait patiemment la couture du fond du cartable. Enfin il sort la boîte en fer. Sans hésiter, il l'ouvre. Des photos glissent à ses pieds. Il les ramasse et farfouille dans la boîte.

– Il n'y aurait pas un petit billet, des fois ? Tiens, mais on dirait... Ça alors ! C'est Isabelle ! En plus jeune. Et le petit, c'est Maxime. Qu'est-ce que ces vieilles photos font là ? D'où il sort, ce cartable, d'abord ?

# Mission accomplie

Jef referme la boîte et se dirige vers le hangar à la recherche d'Omar. Il le trouve au rayon vaisselle.

— Où l'as-tu trouvé, ce cartable ?

— C'est madame Colet qui me l'a donné. Il traînait par terre. T'en fais, une tête ! Qu'est-ce qui se passe ?

— Il est rempli de photos de ma sœur et de mon neveu. De vieilles photos qui datent de l'époque où elle était avec le père. Je me demande…

— Si le cartable appartenait au père ?

— En tout cas, la boîte, c'est sûr. Comment elle est arrivée là, ça, c'est un mystère.

— Où est-il, le père ?

— Je n'en sais rien. Isabelle n'a jamais voulu le revoir et il ne s'est plus jamais manifesté. J'ai fait une recherche sur Internet, un jour, parce que Maxime me posait des questions et me faisait de la peine. Je n'ai rien trouvé.

— Qu'est-ce que tu aurais fait dans le cas contraire ?

— J'aurais donné le renseignement à Isabelle. Maxime lui pose des questions, à elle aussi. Il sait bien que le compagnon de sa mère n'est pas son père. Les enfants, quand ils sont petits, on parle devant eux en pensant qu'ils ne comprennent pas, et puis un jour on s'aperçoit qu'ils ont tout compris. Et on est bien embêté.

– Omar ! Jef ! Je vous présente Norbert qui vient renforcer l'équipe, annonce M. Bruno, apparaissant au bout de l'allée.

En voyant Jef, Norbert pâlit.
– Mon Dieu, il va encore s'évanouir ! s'affole Brigitte.

Elle se précipite pour le soutenir. Omar approche une chaise mais Norbert refuse de s'asseoir et reste appuyé à la jeune femme.

– Vous vous connaissez ? demande M. Bruno qui a remarqué le regard de Jef.

– Oui, dit le menuisier en tendant la main à Norbert. Content de te revoir, Norbert. Et bienvenue chez Emmaüs ! Tiens, ça doit être à toi.

– Merci… bredouille Norbert, très ému.

D'une main tremblante, il glisse la boîte dans son blouson.

– Ton cartable est sur mon établi. Je l'ai nettoyé mais je dois encore le recoudre, je n'arrivais pas à l'ouvrir. Original, comme sac à main, ajoute-t-il pour détendre l'atmosphère.

– Bien plus que tu ne le crois ! Je peux le voir ?

Dans l'atelier, Norbert caresse le cartable avec affection.

– Merci, l'ami, chuchote-t-il. Tu n'as pas menti, il ne faut jamais désespérer.

Une idée s'impose alors à lui. Il se tourne vers Jef.

– Je n'en ai plus besoin, maintenant. Pourrais-tu le donner à Maxime ?

– Pourquoi pas ? J'irai le voir demain, c'est mercredi. Je lui dirai que c'est de la part de son père. Ça lui fera très plaisir.

Norbert pose une dernière fois la main sur le cartable vert, comme sur l'épaule d'un véritable ami.

Tu vas me manquer, camarade, songe-t-il.

Tu vas m'oublier, camarade… soupire le cartable, un peu triste.

# TABLE DES MATIÈRES

Une belle trouvaille ............................. 7

Sans étiquette ..................................... 13

Une mauvaise blague ? ....................... 19

Un drôle de rêve ................................. 25

Les débuts d'une amitié ..................... 31

Le petit déjeuner est servi ................. 37

Souvenirs douloureux ........................ 45

Thomas le voleur ............................... 51

Le trésor de Norbert .......................... 55

La bonne porte ................................... 61

Des compliments féeriques ................ 67

Chez Emmaüs ..................................... 73

Le cartable tient sa promesse ........... 81

Mission accomplie .............................. 87

Retrouve le cartable vert
et tous ses copains dans :

Le CHATON
DE MATHILDE

## LES BÊTISES DE LOUISE

## LE SECRET DE PAUL

À bientôt pour la suite…

Retrouvez la collection

# Rageot Poche

sur le site www.rageot.fr

Achevé d'imprimer en France en juillet 2011
par Hérissey à Évreux (Eure).
Dépôt légal : août 2011
N° d'édition : 5392 - 01
N° d'impression : 116939